Curious George®

Jorge el curioso

by H. A. Rey

Traducido por José María Catalá
y Eugenia Tusquets

HOUGHTON MIFFLIN COMPANY, BOSTON

www.hmhco.com

Library of Congress Catologing-in-Publication Data
Rey, H. A. (Hans Augusto), 1898-1977.
Curious George = Jorge el curioso / by H. A. Rey;
traducido por José María Catalá y Eugenia Tusquets.
p. cm.
Summary: The curiosity of a newly captured
monkey gets him into considerable trouble.
ISBN-13: 978-0-618-88410-0 (hardcover)
ISBN-10: 0-618-88410-6 (hardcover)
ISBN-13: 978-0-618-88411-7 (pbk. : alk. paper)
ISBN-10: 0-618-88411-4 (pbk. : alk. paper)
[1. Monkeys—Fiction. 2. Spanish language materials—Bilingual.] I. Catalá, José María.
II. Tusquets, Eugenia. III. Title. IV. Title: Jorge el curioso.
PZ73.R468 2007
[E]—dc22
2007015148

Printed in China
SCP 10 9
4500601505

Este libro pertenece a

____

This is George.
He lived in Africa.
He was a good little monkey
and always very curious.

Éste es Jorge.
Jorge vivía en África.
Era un monito bueno
y muy, muy curioso.

One day George saw a man.
He had on a large yellow straw hat.
The man saw George too.
"What a nice little monkey," he thought.
"I would like to take him home with me."
He put his hat on the ground
and, of course, George was curious.
He came down from the tree to look at the large yellow hat.

Un día Jorge vio a un hombre.
El hombre llevaba un gran sombrero de paja amarillo.
El hombre también vio a Jorge.
—¡Qué monito tan lindo! —pensó.
—Me gustaría llevármelo a casa.
Puso su sombrero en el suelo
y, por supuesto, como Jorge era curioso . . .
bajó del árbol para mirar el gran sombrero amarillo.

The hat had been on the man's head.
George thought it would be nice
to have it on his own head.
He picked it up and put it on.

El hombre había llevado el sombrero en la cabeza.
Jorge pensó que sería bonito
llevarlo él en la cabeza.
Lo recogió y se lo puso.

The hat covered George's head.
He couldn't see.
The man picked him up quickly
and popped him into a bag.
George was caught.

El sombrero cubrió toda la cabeza de Jorge.
No podía ver nada.
El hombre lo agarró rápidamente
y lo metió en una bolsa.
Jorge estaba atrapado.

The man with the big yellow hat
put George into a little boat,
and a sailor rowed them both
across the water to a big ship.
George was sad, but he was still
a little curious.

El hombre del gran sombrero amarillo
metió a Jorge en un botecito,
y un marinero los llevó remando
por el mar hacia un barco grande.
Jorge estaba triste, pero aún sentía
un poco de curiosidad.

On the big ship, things began to happen.
The man took off the bag.
George sat on a little stool and the man said,
"George, I am going to take you to a big Zoo
in a big city. You will like it there.
Now run along and play,
but don't get into trouble."
George promised to be good.
But it is easy for little monkeys to forget.

En el barco grande empezaron a pasar cosas.
El hombre lo sacó de la bolsa.
Jorge se sentó en un taburete y el hombre dijo:
—Jorge, voy a llevarte a un gran zoológico
de una gran ciudad. Verás cómo te va a gustar.
Ahora corre y juega,
pero no hagas travesuras.
Jorge prometió portarse bien.
Pero los monitos olvidan fácilmente.

On the deck he found some sea gulls.
He wondered how they could fly.
He was very curious.
Finally he HAD to try.
It looked easy. But—

En cubierta se encontró con unas gaviotas.
Se preguntó cómo es que podían volar.
Era muy curioso.
Finalmente TUVO que probar también él.
Parecía fácil. Pero . . .

oh, what happened!
First this—

and then this!

¡oh, qué pasó!
Primero esto . . .

¡y luego esto!

"WHERE IS GEORGE?"
The sailors looked and looked.
At last they saw him
struggling in the water,
and almost all tired out.

—¿DÓNDE ESTÁ JORGE?
Los marineros buscaban y buscaban.
Al final lo vieron
luchando con el agua,
y casi completamente agotado.

"Man overboard!" the sailors cried
as they threw him a lifebelt.
George caught it and held on.
At last he was safe on board.

—¡Hombre al agua! —gritaron los marineros
mientras le lanzaban un salvavidas.
Jorge lo agarró y se sostuvo.
Por fin estuvo a salvo a bordo.

After that George was more careful
to be a good monkey, until, at last,
the long trip was over.
George said good-bye to the kind sailors,
and he and the man with the yellow hat
walked off the ship on to the shore
and on into the city to the man's house.

Después de esto Jorge tuvo más cuidado
en ser un buen mono, hasta que finalmente
el largo viaje se terminó.
Jorge dijo adiós a los amables marineros,
y con el hombre del sombrero amarillo
bajó del barco caminando hacia tierra firme
y luego hacia la ciudad, a casa del hombre.

After a good meal
and a good pipe
George felt very tired.

Después de una buena comida
y una buena pipa,
Jorge se sintió muy cansado.

DICTIONARY

He crawled into bed
and fell asleep at once.

Se arrastró hasta la cama
y se quedó profundamente dormido.

The next morning
the man telephoned the Zoo.
George watched him.
He was fascinated.
Then the man went away.
George was curious.
He wanted to telephone, too.
One, two, three, four, five, six, seven.
What fun!

A la mañana siguiente
el hombre telefoneó al zoológico.
Jorge lo miraba.
Estaba fascinado.
Luego el hombre se marchó.
Jorge sintió curiosidad.
Él también quería telefonear.
Uno, dos, tres, cuatro, cinco, seis, siete.
¡Qué divertido!

DING-A-LING-A-LING!
GEORGE HAD TELEPHONED
THE FIRE STATION!
The firemen rushed to the telephone.
"Hello! Hello!" they said. But there was no answer.
Then they looked for the signal on the big map that showed where the telephone call had come from.
They didn't know it was GEORGE.
They thought it was a real fire.

¡RING-RING-RING!
¡JORGE HABÍA TELEFONEADO
A LA ESTACIÓN DE BOMBEROS!
Los bomberos corrieron al teléfono.
—¡Hola! ¡Hola! —decían. Pero nadie respondía.
Luego buscaron la señal en un gran mapa
que indicaba de dónde venía la llamada.
No sabían que había sido JORGE.
Pensaron que era un incendio de verdad.

HURRY! HURRY! HURRY!
The firemen jumped on to the fire engines
and on to the hook-and-ladders.
Ding-dong-ding-dong.
Everyone out of the way!
Hurry! Hurry! Hurry!

¡APRISA! ¡APRISA! ¡APRISA!
Los bomberos saltaron a los camiones
y a las escaleras.
¡Ding-dong-ding-dong!
¡Apártense todos!
¡Aprisa! ¡Aprisa! ¡Aprisa!

F.D.
F.D

The firemen rushed into the house.
They opened the door.
NO FIRE!
ONLY a naughty little monkey.
"Oh, catch him, catch him," they cried.
George tried to run away.
He almost did, but he got caught
in the telephone wire, and—

Los bomberos entraron corriendo la casa.
Abrieron la puerta.
¡NO HAY FUEGO!
SÓLO un travieso monito.
—¡Oh, agárrenlo, agárrenlo! —gritaban.
Jorge trató de escapar.
Casi lo consiguió, pero se enredó
en el cable del teléfono, y . . .

a thin fireman caught one arm
and a fat fireman caught the other.
"You fooled the fire department,"
they said. "We will have to shut you up
where you can't do any more harm."
They took him away
and shut him in a prison.

un bombero delgado lo agarró de un brazo
y un bombero gordo lo agarró del otro.
—Has engañado al departamento de bomberos
—dijeron—. Tendremos que encerrarte
donde no puedas hacer más travesuras.
Se lo llevaron
y lo encerraron en una cárcel.

F.D.

George wanted to get out.
He climbed up to the window to try the bars.
Just then the watchman came in.
He got on the wooden bed to catch George.
But he was too big and heavy.
The bed tipped up, the watchman fell over, and, quick as lightning, George ran out through the open door.

Jorge quería salir.
Se subió a la ventana para probar las barras.
Justo entonces el guardia entró.
Se subió a la cama de madera para agarrar a Jorge.
Pero era demasiado grande y pesado.
La cama se levantó, el guardia cayó, y rápido como un rayo,
Jorge salió por la puerta abierta.

He hurried through the building
and out on to the roof. And then
he was lucky to be a monkey:
out he walked on to the telephone wires.
Quickly and quietly over the guard's head,
George walked away.
He was free!

Corrió por todo el edificio
y salió al tejado. Y entonces
se alegró de ser un mono:
anduvo por los cables de teléfono.
Rápida y calladamente por encima
de la cabeza del guardia,
Jorge se escapó.
¡Ya era libre!

Down in the street, outside the prison wall,
stood a balloon man.
A little girl bought a balloon for her brother.
George watched.
He was curious again.
He felt he MUST have a bright red balloon.
He reached over and tried to help himself, but—

Calle abajo, fuera de los muros de la cárcel,
se encontraba un vendedor de globos.
Una niña estaba comprando un globo para su hermanito.
Jorge observaba.
Tenía curiosidad otra vez.
Pensó que TENÍA que conseguir un globo rojo.
Se abalanzó y trató de alcanzarlo, pero . . .

instead of one balloon,
the whole bunch broke loose.
In an instant the wind whisked them all away
and with them went George,
holding tight with both hands.

en lugar de un solo globo,
todos ellos se desprendieron.
Y en un instante, el viento se los llevó cielo arriba
y con ellos iba Jorge,
agarrándose fuertemente con las dos manos.

Up, up he sailed, higher and higher.
The houses looked like toy houses
and the people like dolls.
George was frightened.
He held on very tight.

Arriba y arriba se fue volando, cada vez más alto.
Las casas parecían de juguete
y las personas eran como muñecos.
Jorge estaba asustado.
Se sostenía con todas sus fuerzas.

At first the wind blew in great gusts. Then it quieted.
Finally it stopped blowing altogether.
George was very tired. Down, down he went—bump, on to the top of a traffic light.
Everyone was surprised. The traffic got all mixed up.
George didn't know what to do, and then he heard someone call,"GEORGE!"
He looked down and saw his friend, the man with the big yellow hat!

Al principio el viento soplaba muy fuerte. Pero luego se calmó.
Y al final paró del todo. Jorge estaba muy cansado.
Empezo a bajar y a bajar, hasta que . . . ¡bum!,
cayó sobre un semáforo.
Todo el mundo lo miraba con sorpresa. El tráfico se convirtió en un revoltijo.
Jorge no sabía qué hacer. Y entonces, oyó que
alguien lo llamaba: —¡JORGE!
Miró hacia abajo y vio a su amigo, ¡el hombre del gran
sombrero amarillo!

George was very happy.
The man was happy too.
George slid down the post
and the man with the big yellow hat
put him under his arm.
Then he paid the balloon man
for all the balloons.
And then George and the man
climbed into the car
and at last away they went—

Jorge estaba muy contento.
Y el hombre también.
Jorge se deslizó por el poste
y el hombre del gran sombrero amarillo
lo sostuvo en brazos.
Luego pagó todos los globos
al vendedor.
Entonces Jorge y el hombre
subieron al coche
y finalmente se alejaron . . .

to the ZOO!

What a nice place
for George to live!

¡hacia el ZOOLÓGICO!

¡Qué lugar más bonito
para vivir!

H. A. REY (1898-1977) listed as his early activities "eating, drinking, sleeping, learning to talk and walk." At a more advanced age, twenty-six to be exact, Mr. Rey occupied his time by selling bathtubs up and down the Amazon River. This continued for twelve years until he married and he and his wife, Margret, embarked on an artistic career that produced, among other things, the character of Curious George. More than thirty-five million copies of books about George are in print and have been translated into more than a dozen languages. Curious George has inspired a full-length animated feature film, a best-selling album of songs for children, and a television series.

MORE BOOKS
by H. A. Rey

Curious George
Curious George Gets a Medal
Curious George Rides a Bike
Curious George Takes a Job
Cecily G. and the Nine Monkeys
The Stars — A New Way to See Them
Find the Constellations
Elizabite

by Margret and H. A. Rey

Curious George Goes to the Hospital
Curious George Flies a Kite
Whiteblack the Penguin Sees the World
Spotty
Billy's Picture
Pretzel

by Emmy Payne and H. A. Rey

Katy No-Pocket

in Spanish

Jorge el curioso encuentra trabajo
Jorge el curioso monta en bicicleta